綾子さんありがとう

編 森重ツル子　写真 三宅利一

キリスト新聞社

撮影　森重ツル子

目次

はじめに

早いもので綾子さんが召されて二十年が過ぎました。改めて時の流れの速さに驚かされています。

出版社やテレビ関係の親しい友人たちをお連れして、旭川のご自宅にうかがいました。

綾子さんがお元気なころは、ご夫妻で空港まで出迎えて「美瑛の丘」へ案内してくださり、四季折々の美瑛の景色を堪能させていただきました。

ご紹介した黒柳徹子さんのお母様とは親しく交流され、東京・大阪の講演にまでご一緒し、お二人の対談集が主婦の友社から出版されました。

本書の出版に際し、美瑛の景色に魅せられ撮り続けておられる写真家・三宅利一さんの写真を使わせていただき感謝いたします。

付記　綾子さんから「先生と呼ばないで」と言われていましたので、「綾子さん」と書かせていただきました。

このごろ、啓造は「時がすべてを解決する」という言葉を思い出すことがある。(今の陽子に対するこの愛情は、時が与えたものではないか。すると、それはおれの人格とは何のかかわりもなしに与えられたものなのだ)
時が解決するものは、本当の解決にはならないと啓造は思った。

『氷点』より

三浦綾子作品との最初の出会いは『氷点』だった。当時、高校生だった私は、毎朝早めに登校して図書室に飛び込み、真っ先に新聞綴りを取って、連載小説『氷点』を読んでいた。

思春期の、多感で、孤独な生活環境だったこともあってか、死と希望はいつも隣り合わせだった。陽子の切なくなるほどけなげな生き方は自分とはだいぶ違っていたが、孤独との戦いには共感を覚えた。

啓造は「時が解決するものは、本当の解決にはならない」という。それなら、何が本当の解決なのだろうか。作者の一貫したテーマはあらゆる種類の人間が抱えている罪の性質と孤独だが、自分の中にその解決はない。ヒントがあるのではないかとひそかに教会の前まで行ったが、中に入ることができず、長い模索が続いた。

ずっと後になって私はそれを得た。それは言葉では表現できないほどの喜びと孤独からの解放だった。再度読み返しながら、『氷点』に秘められた三浦綾子先生の熱い宣教の思いを味わわせていただいた。

児童作家　遠藤町子

わたし、空を仰ぐことが好きなの。
空って、仰ぐものなのよね。
見上げるものなのよね。
わたしいつも、あのポプラの上が空だって、思っているの。
空は意外と近くにあるのよね。

『あのポプラの上が空』より

橋田滋子

この題名を口にしたとき、私は優れた音楽から感じるような特別な感動を予感した。札幌市の開業医、谷野井浜雄とその母は麻薬に溺れて自滅の道を辿る。三人の子どもはその悲惨な症状を見て苦しむ。

谷野井の父親の温情で同家に寄食する佐川惇一は、北大医学部を目指す予備校生だ。事実を冷静に観察して家族を支える優しい純真な性格である。「落ち穂を拾っている」身だがと言いつつ、辛い家族の状況を見過ごせない。

作品冒頭で彼は、母と弟が暮らす東京と比べて、（札幌には空がある）と思って空を見上げた。作品の結末では高校生になった谷野井景子が「ポプラの上が空だって、思っているの。空は意外と近くにあるのよね」「わたし、空を仰ぐことが好きなの。空って、仰ぐものなのよね」と語る。そこには寛容と感謝と希望があった。景子は深い懐疑に悩んだ後、ポプラの上に、空の彼方の天国にすべてを赦す神を見たのだ。従順な心が神を信頼した結果なのか。「意外と近い」という実感は、惇一にも「そうだ、空は意外に近いのだ」と納得させた。今や神は景子の身近におわして、「あなたがたを耐えることのできないような試練に会わせるようなことはなさいません」（コリント第一　一〇章一三節）という聖書の言葉どおり、景子と私たちすべてを支えておられる。

『キリストよ。あなたを十字架につけたわたしをおゆるし下さい』

神の最もきらいたもうのは、自分を善人とすることであります。

そして、他を責め、自分を正しとすることであります。

『ひつじが丘』より

私の家は羊ヶ丘のすぐ近くにある。

そこで青春時代を過ごした私にとって本書の舞台はどこもなじみ深く懐かしい。記憶の糸を手繰り寄せながら読み進むにつれ、私はいつしかヒロイン広野奈緒実に自分を重ね合わせて読んでいた。

広野奈緒実は牧師の家に生まれ育ったが「牧師の娘らしく生きるなんて、私にはとても無理」と反発し、親の反対を押し切って、酒に溺れ女にだらしない男と結婚した。しかし、神から一番遠い存在に思われていた夫が死を前にして罪を悔い改め神を信じた。

生まれ変わった夫の姿を見た周囲の誰もが驚き、それぞれが本当の自分の姿に気づかされていく。私自身もまた気づかされたことは言うまでもない。

「自分がしたいと思うことをしているのではなく、自分が憎むことを行っている」（ローマ人への手紙七章一五節）と聖書は指摘している。十字架のうえで「父よ。彼らをお赦しください。彼らは、何をしているのか自分でわからないのです」（ルカの福音書二三章三四節）と、とりなしの祈りを捧げられたキリストの姿を知って、たとえようもなく弱い人間が赦しと愛の本質を知ることができるように、さまざまな人の生き方や思いに迫る一冊である。

会社経営　関口めぐみ

わたしは、何事もなかったようにそういった自分におどろいた。人間ってこんなにぬけぬけとしていられるものだろうか。おにいさんの胸にだかれたことを忘れたように。

『雨はあした晴れるだろう』より

罪への誘惑は、人の心になんと甘いことだろう。悪いことだとわかっているのに、誘蛾灯に虫が吸い寄せられるように身を滅ぼしてしまう。

主人公のサチコは義理の兄への想いが、姉への裏切りだという後ろめたさと、義兄が姉よりも自分のことを好きだという優越感を同時に味わっている。

三浦綾子さんは人間の感情を丁寧に描写されるので、私たちは登場人物に共感や反発をしながら読んでしまい、もはや他人事ではなくなってしまう。

悪いと知りながらも止められない思いや習慣は誰にでもあるのではないだろうか。それを「後ろめたい」と感じるのは、「本当にそれで良いのか？」と神様が心に問いかけてくるからだ。神様の言う通りにすれば、絶対的な平安があるとわかってはいる。しかし、神様に頼るよりも自分の努力や他の力に頼ってしまう。

罪への誘惑はなんと甘いのだろう。そこに身を任せれば、すべてが上手くいくという錯覚に陥る。サチコの誘惑の結果は思いがけない方に進むのだが、私たちの罪への誘惑の結果は、神様への心からの謝罪を生むか、または自分自身の破滅かだ。

これはただの物語ではなく、現実に私たちに問われている事柄なのだ。

菊池亮子

あーまたこの二月の月かきた
ほんとうにこの二月とゆ月か
いやな月こいをいパいに
なきたいどこいいてもなかれ
ないあーてもラチオて
しこすたしかる
あーなみたかてる
めかねかくもる

（あーまたこの二月が来た
ほんとうにこの二月という月が
いやな月、声をいっぱいに泣きたい
どこに行っても泣かれない
あーでもラヂオで少し助かる
あー涙がでる　めがねがくもる）

『母』より

まず僕が初めに感じたことは、日本はとても平和な国だということです。なぜなら今の時代は多喜二のように戦争に反対しても警察に捕まり拷問を受けることなどはないからです。多喜二の生きていた時代は国の考えに反していると殺されてしまうこともありました。

母が働いていたので僕は学童保育に通っていましたが、僕の他に教会に通っている生徒はいませんでした。「言うことを聞かなければ思い知らせてやる」といった雰囲気が怖くて、僕は自分がクリスチャンであることを隠していました。それに比べて多喜二は、国を変えたいと思い、命をかけて自分の思うことを貫き通しました。

多喜二の母のセキさんは、字が読めなかったので多喜二がなぜ警察に捕まったのかわかりませんでしたが、面会の時に「多喜二よ、お前の書いたものは一つも間違っておらんぞ。お母ちゃんはね、お前を信じとるぞよ！」と言い、傷だらけになった多喜二の遺体を引き取りました。自分の愛している多喜二が、死をも恐れず書き残したかった思いを否定しなかったのです。

セキの愛は、拷問から救い出すために多喜二を叱って警察に詫びさせることではなく、多喜二の主張を正しいと認め、ひたすら彼の味方になって寄り添うことでした。

中学生　吉原十也

誇るべきことでないことさえ、わたしたちは誇るものだ。勉強をしなかった。学校を怠けた。教師を殴ったなどということさえ、自慢話にする人間がいる。この頃は、浮気の回数まで得々と書く人さえ、たくさん現われてきた。だから、泥棒や殺人さえ自慢の種になり、刑務所に入ったことで幅をきかせるところまでエスカレートするのだろう。

『光あるうちに』より

「誇るべきことでないことさえ、わたしたちは誇るものだ」

この一文に心が留まりました。私は学校の勉強についていけなかった人間です。クラスメイトからは「バカがうつる」と言われ、イジメられていました。遠足を前に先生が「今回は仲の良い人たちと班を作ってください」と言われたとき、みんなは大喜びでしたが、私はどの班にも入れてもらえず一人ぽつんと立っていました。それを見た先生は私をある班に入れてくれましたが、私が入ったために、その班には気まずい空気が流れました。

勉強ができない自分、努力できない自分、イジメられてばかりいる自分、そんな自分が嫌いでした。大人になってからそのときのイジメの話をすることがあります。同情してほしいとか、憐れんでほしいと意識していたわけではありません。三浦綾子さんのこの文を読んで、勉強ができなかったこと、イジメられていたことを話すことで、自分の存在価値を認めさせようとする思いがあったのかもしれません。私を価値あるものとしてくださる方を思い起こさせる本でした。

久保田　豊

人生とは他との戦いではなく、自分自身のなかにうごめく、わがまま、怠惰、勝ち気、冷淡、さまざまのよからぬ欲望などとの戦いであると知ったとき、わたしたちの生活内容はたしかに変わる。

『愛すること信ずること』より

この本に出会ったのは二十代前半ごろでした。人間関係で悩んでいた私は、「このまま生きていていいのか、死んだ方が他人に迷惑をかけずにすむのではないか」という思いを抱えて、空しい日々を過ごしていました。そんな私を見ていた会社の先輩が「この本を読んでみて」と貸してくれたのです。「どうしてこの本を?」と思いながらもせっかく貸してくれたのだからと読んでみることにしました。

この本によって私の人生は百八十度変えられたのです。私が損だと思うことをこの著者は宝だと言う。衝撃的でした。

私はこのとき初めて三浦綾子という作家の名前を知りました。彼女がクリスチャンであることを知り、私は本を読み終わってすぐに教会の門を叩きました。

一年後に洗礼を受けた私は今日まで感謝のうちに生かされています。三浦綾子さんが世に出してくれた作品の数々、またその生き方にどれほど励まされたかわかりません。三浦綾子さんの作品から、すーっと神の愛が流れ込んできます。

会社員　元柳英美

「汝ら互いに重荷を負え」
「汝の十字架を取りて歩め」

『私はこの重荷を、ただひとりの、血をわけた息子の明にだけは負わせまいと、まちがって生きた。自分自身の重荷を負うこともできないヒョロヒョロの意気地なしに、私はおまえを育ててしまった。ほんとうの愛が私にあったなら、いかなる重荷を負うばかりか、他の人の重荷まで負って、がっちりと自分の足であゆんでいく、たくましい生き方こそ教えるべきであった……』

『この重きバトンを』より

私は三浦綾子さんの作品のなかで、特に小説が好きです。三浦綾子さんの現代小説は登場人物の心の描写が繊細で、現実的であると思います。

『この重きバトンを』は短い小説ですが、読み終えて考えさせられました。最後の方に「汝ら互いに重荷を負え」、「汝の十字架を取りて歩め」と聖書のみことばが出てきます。これは主人公が戦友から聞かされたものですが、このことばがその後の人生において彼の救い、心のよりどころとなりました。

この聖書のことばを教えて友人は戦死しましたが、人が許し合うことができたら戦争は起こらないと思います。

聖書には「信仰と、希望と、愛、この三つは、いつまでも残る。その中で最も大いなるものは、愛である」（コリント第一　一三章一三節）とあります。完全な愛は、この世のすべての人を救うために神が愛する御子イエス・キリストをお与えになったもので、人間の愛に完全なものはありません。

私は、神を信じイエスさまを愛するが故に、他者を少しでも愛していきたいと日々思っています。

あとがきに「理解が愛を深める。その愛がまた理解を深めるからである」とあります。他者を理解しようと思ったらこの愛が必要なのだと改めて感じました。

三浦綾子さんはこの小説を通して、自己犠牲（十字架を背負う）があって初めて他者を愛することができると伝えたかったのではないかと思います。

会社員　山口直子

そして、三浦がうたってくれると、うっとりと三浦の顔を眺め、悲しい歌は涙をこぼして聞いてしまう。人から見ると、いい年をして馬鹿な女と笑われるかもしれない。だが、夫の歌がこの上なく楽しいことは、べつだん他人様の迷惑にはなるまいと思う。夫婦なんて、それでいいんじゃないかと思う。何もよその人に聞いてくれと頼むわけではない。

『愛すること信ずること』より

私の本棚には三浦綾子さんの著書が断然多い。一番最初に出会ったのは『愛すること信ずること』でした。その最初のページにあった「結婚して八年、わたしは心の底ででも夫を軽蔑したということはない」という一文を読んだとき、「おっ！　同感！」と思いました。著者とがっちり握手した感覚でした。

そのとき私は三十代、結婚して十年、クリスチャンとしては生まれたばかりのベイビーでしたので、夫婦とはいったい何だろう、人を愛するとは？　信仰とは？　といつも考えさせられていました。

綾子さんはこのような問題について、ご自分の生活体験を通して、私に語りかけてくださいました。綾子さんのことばで私は目が開かれ、養われ、育てていただいたと感謝でいっぱいです。

あとがきに「家庭も教会でなければならない」とあります。私も小さき者ですが、このことばに導かれて、今があるように思います。

小久保美千穂

〈あなたの若い日に、あなたの造り主を
讃えよ〉

『明日のあなたへ』より

『明日のあなたへ』を二十年ぶりに読み返した。三浦綾子文学の根底にある聖書信仰を背景とした綾子人間学のエッセンスが、箴言とともにわかりやすく、興味深く書かれてあった。悲喜交々の人生経験、生きる知恵が集約されていた。私は母（二〇一七年受洗）を天に送り、恵み豊かな葬儀の直後にあった。

いのちの尊厳を覚える医療の重要性、全人的回復を祈り、霊的回復には、神の恵みが不可欠であることを実感してきた。新たな志が与えられ、旅立とうとする者にとって、憐れみに満ちた神を信じて歩もうとする者にとって、そのこころがわかりやすく代弁されている。この本は、愛する方々へのメッセージ集である。不満に満ちた、感謝の少ない私たち人間が、神の愛により赦され、喜びの道を歩むことのできる幸い。真の自由について、愛について、結婚について、人の誇りの空しさについて。

誇るべきは、すべてを与え摂理の御手で導かれる神であること。神の与えられる愛、その愛の中に救いがある。この希望は絶望に終わることはない。祈りの大切さ（神との交流）、主の祈りの紹介。どれほど励まされ、また戒められ、勇気づけられてきたことか。

心揺さぶられる真実な言葉をありがとう。

医師　小山　稔

〈希望は失望に終らない〉
と聖書にもある。いかなる時も希望を
持って生きたいものである。

『明日のあなたへ』より

自分が考えていることと、他人が考えていることが必ずしも一致するとは限らない。そして悲しいことと嬉しいこと、また良い出来事と悪い出来事は、一見すると真反対のように思われるが、実はそれらは背中合わせにあり、自分がいつどちらの立場になるのかはわからないし、生涯において確定されていることでもない。

どの立場から物事を見るのかによって、幸せに感じたり不幸に感じたりするもの。つまり、自分の心の持ちようで変わってしまうこともあるし、変えることだってできるのかもしれない。

変えることができるのは、自分が優れているからということではなくて、素直な気持ちで「ありがとう」と感謝したり、謙虚であることによって気づかされ導かれるということなのであろう。

日々の生活の中では、なにかとストレスを感じたり、あとで考えてみればつまらないことなのに、心の中に謙虚さという引き出しがないためにイライラし、怒ったりすることが多いけれども、その原因を作っているのは謙虚さを忘れている自分の心の持ち方だと気づかされ、人を思いやる愛の気持ちをもつこともできるのだと感じた。

会社員　森重美奈

食糧さえあれば生きて行けるというのであれば、犬や豚と同じであろう。人間にとって必要なのは神の言葉ではないだろうか。

あの誰もが知っている聖書の言葉、

「人の生くるはパンのみによるにあらず。神の口より出ずるすべての言による」を、私はここで思い出す。

「日用の糧を今日も与えたまえ」

という祈りには、

「今日も神の教えをください」

という願いがこめられているのである。

『天の梯子』より

私は今まで、「日用の糧を今日も与えたまえ」という一節は、生きるために必要な、食べものを求める祈りだと思っていた。

しかし、三浦綾子さんは、「日用の糧」は「パン」のことで、パンとはイエスさまのことだと聖書のことばを引用している。

「わたしがいのちのパンです。わたしに来る者は決して飢えることがなく、わたしを信じる者はどんなときにも、決して渇くことがありません」(ヨハネの福音書六章三五節)

つまり、私たちが生きているのは、口から入る食べものだけによるのではないと言う。三浦さんは、この祈りには「今日も神の教えをください」という願いがこめられているという。

今日必要な聖書のことばを私たちに与えて、私たちを養い、導いてくださいと、日々祈る者とさせていただきたいと願う。

会社経営　鳥取康治

死にものぐるいの人間の意志も、何ものかの意志によってはばまれてしまったというこの事実に、ぼくは厳粛なものを感じました。単に偶然といい切れない大いなるものの意志を感じます。

『氷点』より

私にとって繰り返して読む本は、そう多くはないのですが『氷点』はその中の一冊です。登場人物に自分の姿を重ねてしまい、私も陽子と同じように全き愛と権威を持って「赦し」をいただかなければ生きることは難しいと、読み返すたびに再認識させられます。

一九五四年に津軽海峡での海難事故で多くの人が亡くなりました。その中で一人の宣教師が自分の救命具を溺れていた若い女性に手渡して助け、自らは命を失くしました。その洞爺丸に乗り合わせて九死に一生を得た啓造は、初めて命の重さを知らされます。

人は誰しも原罪を持っており、心の中に「氷点」を持っているのではないでしょうか。その原罪が内側から心を蝕んでいきます。

全き赦しを与えてくださる神の愛を『氷点』は私に語りかけてくれました。愛されているものとして互いに愛し合い、感謝しながら生きていきたいと願っています。

マナー講師　八代祐理子

本気で神の教えに従うということが、真の意味で人さまや社会のために益となるのではないかと考えるようになった。

『夕あり朝あり』より

郵便はがき

料金受取人払郵便

牛込局承認

9224

差出有効期間
2021年7月1日
まで
(切手不要)

162-8790
東京都新宿区新小川町9-1
キリスト新聞社
愛読者係 行

お買い上げくださりありがとうございます。
今後の出版企画の参考にさせていただきますので、ご記入のうえ、
ご返送くださいますようお願いいたします。

お買い上げいただいた**本の題名**

ご購入の動機　**1.** 書店で見て　**2.** 人にすすめられて　**3.** 出版案内を見て　**4.** 書評(　　　　)を見て　**5.** 広告(　　　　)を見て　**6.** ホームページ(　　　　)を見て　**7.** その他(　　　　)

ご意見、ご感想をご記入ください。

キリスト新聞社愛読者カード

ご住所　〒

お電話　(　　　)　E-mail

お名前　性別　年齢

ご職業

所属教派・教会名

出版案内

要 ・ 不要

キリスト新聞の見本紙

要 ・ 不要

このカードの情報は弊社およびNCC系列キリスト教出版社のご案内以外には用いません。
ご不要の場合は右記にてお知らせください。
・キリスト新聞社からの案内　要 ・ 不要
・他のキリスト教出版社からの案内　要 ・ 不要

ご購読新聞・雑誌名

朝日　毎日　読売　日経　キリスト新聞　クリスチャン新聞　カトリック新聞　Ministry　信徒の友　教師の友
説教黙想　礼拝と音楽　本のひろば　福音と世界　百万人の福音　舟の右側　その他(　　　)

お買い上げ年月日　年　月　日

お買い上げ書店名

市・町・村　書店

ご注文の書籍がありましたら下記にご記入ください。
お近くのキリスト教専門書店からお送りします。
なおご注文の際には電話番号を必ずご記入ください。

ご注文の書名、誌名　冊数

冊

冊

冊

白洋舎創業者の生涯を書いたこの本を読んで私の心は感動で揺さぶられました。彼の生涯は波乱万丈なのですが、イエス・キリストを信じる前と後とで人の歩みはこんなにも変わるものなのでしょうか、信じることがこんなにも力となる人生があるのでしょうか、と思わされるのです。「本気で神の教えに従うということが，真の意味で人さまや社会のために益となるのではないかと考えるようになった」と本書の中で主人公は語っています。

神様からの具体的な助けを信じて祈る時、不思議なように困難な状況から助け出される、それが「本気で神の教えに従う」という彼の生き方でした。

そしてその生き方が、会社を成長発展させ、社会において人の役に立ち、またより良い社会を作る力

となっていったのです。信頼に値する神さまがおられるということ、またその神さまを信じて生きるということはなんと素晴らしいことでしょうか。

平和な時代になに不自由なく育ち、普通の主婦として生活している私と主人公を比べることはできませんが、それでも、子どもたちを育てながら忙しい夫の仕事と健康を気遣う生活の中で、本気で信じること、それに応えてくださる神さまが共にいてくださることが、どんなに力となり支えとなっていることでしょうか。

主人公を困難な状況の中から何度も助け出された同じ神さまは、夫を、会社を、私を、そして子どもたちをも導いてくださるに違いありません。

そして、それは私の心が平安であるだけでなく、他の方々のお役に立つような、神さまからの愛の証

しになるのではないでしょうか。
そんな希望を与えてくれた本、それが『夕あり朝あり』でした。

飯島ルツ

拓一が驚く間もなく、その黒い小山はみるみる沢口いっぱいにせり出して来た。

　と、その黒い小山は、怒濤が崩れるように出口に広がった。拓一と耕作の目が恐怖におののいた。

「じっちゃーん！　山津波だーっ！　早く山さ逃げれーっ！」二人の足ががくがくとふるえた。

「何いーっ⁉　山津波ーっ？」

「早く早く、早く逃げれーっ！」

　二人は声を限りに絶叫する。市三郎が家に向かって何か叫び、キワと良子がころげるように飛び出してきた。三人が山に向かって走り出す。それがもどかしいほどに遅く見える。

「ばっちゃーん、がんばれーっ」

「良子ーっ、早く早くうーっ」

　大音響が迫る。市三郎たち三人がようやく山道に辿りつく。はっと我に返って、拓一と耕作が山道を駆け出す。が、山津波の襲来は早かった。

「ドドーン」「ドドーン」

　大音響を山にこだましながら、見る間に山津波は眼下に押し迫り、三人の姿を呑みこんだ。

『続　泥流地帯』より

私は農村地帯の小さな町で育った。両親は衣類や履物など農家の人に必要な物を商《あきな》っていた。開拓農家の人たちは、買物に来るとお茶を飲みながら苦労話をしていった。

作者が描写する市三郎一家の暮らしぶりは、子どものころに聞いた農家の人たちの話そのままだった。朝早くから夜遅くまで働いても暮らしは楽にならず、理不尽なことばかりが続く。進学を諦めた耕作、借金のかたに遊郭に売られた幼なじみの福子。その福子に想いを寄せる兄の拓一。

そんな彼らに襲いかかったのが十勝岳の大爆発である。祖父母も妹も泥流に呑みこまれ、苦労して開墾した田畑も家も押し流された。

「まじめに生きている者が、どうしてひどい目にあうのか」――耕作が抱き続けている疑問だ。

時を経て、泥流をかぶった田んぼも、拓一の努力で稲刈りができるまでに回復した。女性が遊郭に売られることも、矯風会の運動によって禁止する法律ができた。

遊郭の娘・節子は父に逆らい、福子を拓一と結婚させようとして脱出させる。福子を連れ出し、無事に一番列車に乗せることができたら「白いハンカチ」を振り、乗せられなかったたら「赤い襟巻き」を振って知らせることにした。

翌朝、拓一と耕作は稲を刈りながら、固唾《かたず》をのんで列車が来るのを待ち構える。白か？赤か？　振られたのは「白いハンカチ」だった。

「まじめに生きている者が、どうしてひどい目にあうのか」という耕作の疑問に作者は何も答えない。しかし、この「白いハンカチ」は作者のエールだ。

人に寄せる想いの深さ、これが三浦文学の魅力であると私は思う。

日本語教師　平山澄江

「人の価値は見えるところによらず、心の中にこそある。へりくだった思いで生きよ。謙遜ほど、人間を美しくするものはない」

『細川ガラシャ夫人』より

この本は文章がまず美しいです。特に玉子（細川ガラシャ）のお輿入れのシーンでは、茜色に染まった夕暮れに凛として匂い立つ白無垢姿の美しい玉子を目に浮かべることができました。

父・明智光秀は、玉子が疱瘡《ほうそう》でそこなった母の顔を笑ったとき、「人の価値は見えるところによらず、心の中にこそある。へりくだった思いで生きよ。謙遜ほど、人間を美しくするものはない」と教え諭しています。

高山右近を通しては、この世の富の虚しさを語らせて、戦いに勝つことよりもこの世の富を得ることよりも価値あるものが他にあることを私たちに示唆しているように思いました。

三浦綾子さんは、細川ガラシャの生涯を通して、謙遜ほど人を美しくするものはない。そして、たとえ、弱い女性であっても、どんな困難に遭遇しても希望を失うことなく、力強く立ち向かって、生きていくことができる、と教えているように私は思いました。

齋藤和子

わたしたち現代に生きる者が、怠惰な者は怠惰なりに、真実な者は真実なりに、どれほど大きく作用し合い、かかわりあっているかわからないのだ。
つまり、小さいながら、わたしたちひとりひとりの生き方が、多くの人の運命とかかわり合っている。

『あさっての風』より

私たちの日常生活の中でも、例えば、朝の通勤電車の中で、席をお譲りした方から笑顔でお礼を言われると、気持ちよく一日を始められます。反対に、車内で隣りに座った人が、人の悪口をずっと話していて、不愉快な気分にさせられることもあります。

受ける言葉によって重い気持ちになったり、励まされたり、幸せな気持ちにさせられることもあります。愛のない言葉の中で生活したために自分に自信が持てなくなった人や、他人を傷つけてしまう人もいます。私たちの口から出る言葉や態度、そして行動などが、作用し合い、かかわりあっているのならば、人にどんな言葉をかけ、どんな態度をとるのか、その小さな選択の積み重ねが、とても大切なことのように思えました。

私も、人を思いやる言葉を口にし、人々とかかわり合っていきたいと思わされました。

会社員　大久保知子

「生きるということは、ぼくたち人間の
権利ではなくて、義務なのですよ。義務
というのは読んで字のとおり、ただしい
つとめなのですよ」

『道ありき』より

この本は、敗戦後に自責の念から教師を辞めた綾子さんが、生きる意味を見失ってしまったところから始まります。綾子さんは病気で倒れ、肺結核となり、婚約を破棄します。その後、幼なじみの前川正さんが綾子さんと再会します。自分のこと以上に綾子さんのことを考えてくれる前川さんによって、綾子さんの人生は変えられていきます。

前川さんも結核を患っていたため、自分にもしものことがあっても、綾子さんが精神的に自立できるように考えていました。

だから、「人間は、人間を頼りにして生きている限り、ほんとうの生き方はできませんからね。神を頼りにすることに決心するのですね」と促しています。神さまがいつも共におられることを綾子さんに知ってほしかったのだと思います。

僕は前川さんが夫になるのかなと思いながら読んでいたので、彼の死が衝撃的でした。前川さんの遺書からも綾子さんの幸せを願う思いが伝わってきます。

彼の遺言どおり、生きているうちには、苦しいことや理解しがたいことが多くあったと思いますが、綾子さんは、失望を希望に変えてくださる神さまに出会うことができました。

神さまは綾子さんを愛し、前川さんが亡くなっても、光世さんという素晴らしいクリスチャンに出会わせてくださいました。神さまのご計画は最良のものだと感じました。

中学生　吉村正貴

「人がとてもいやなことをわたしに言ったとしても、今日一日でわたしは死んでしまうかもしれないし、相手も死んでしまうかもしれないと思うと、単に、今までなにげなしにつきあっていた人でも味濃くつきあうことができる。寛大になれるっていいますか、生きるのが少し楽になるような気がするんです。」

「死が今すぐのことでないと思っても、生きてることはやがて死ぬことですから、ほんとうはやはりたいへんなことなんです。でもそのことを本気で考えて生きていったときに、だれしも、ちゃんとした生き方ができるわけです。」

『永遠のことば』より

七十歳を過ぎ、これから先をどのような心構えで死を迎えるまで過ごせばよいのかと思っていたとき、この三浦綾子さんの『永遠のことば』という本に巡り合いました。幸いにも本の文字も大きくて、初老の私の目には最適でした。

私は、綾子さんのブレない姿勢、考え方があらわれた三浦綾子文学を、若いころより好んで読んでいました。

これらのことばを日々の糧とし、生活の指針として過ごしていこうと思っています。

伊藤百合子

なぜ人間は男と女しかいないのか。
男と女が愛し合うということは
どういうことなのか。
男と女としてでなく、
ほんとうに、
人と人との結び合いとして、
愛し合うということは
できないものだろうか、
この小説は読者に、
そういうことについて、
深く考えさせる力を持っている。

『石の森』を読んで

『石の森』とは不思議な題名の本。

冒頭にその人は「人間は、本当に男と女の二種類しかないのだろうか。一旦こう考えると、会う人会う人が、男でも女でもなく見えて、仕方がないのよ」と言っている。

男同士、女同士の問題もなくはないのですが、多くは男女間のトラブルではないのでしょうか。

この本では五人の主な登場人物を通して男性と女性の問題が織り成されてます。

私は三浦綾子さんを個人的には存じ上げてはいないのですが、著書は何冊か読ませていただきました。そして今回『石の森』を読み、すべてイエス・キリストを宣べ伝えるために書かれているのでは?　と思わされました。三浦綾子さんの書かれた文章を読んで、どんなに多くの方々が教会に導かれたことでしょう。

作家・三浦綾子さんを、ご自身の大切な使者として世に出してくださったことを、主に感謝いたします。

田辺みや子

〈ぼくはちいろばです。小さなろばです。自分は小さなろばであっても、主のご用とあらば、世界の涯までも、イエス様をお乗せして、素直に歩む者でありたいと思います〉

『ちいろば先生物語』より

戦後日本のキリスト教界における偉大なる主の器、ちいろば先生こと榎本保郎牧師の伝記小説。

師は一九二五年、兵庫県の貧しい家庭に生まれ育ち、軍人として満州で敗戦を迎えました。戦後の虚無感から自暴自棄の生活を送る中、イエス・キリストを救い主として受け入れ、牧師としての道を歩み始めたのでした。彼の人生は奇跡の連続であり、幾多の素晴らしい出会いがありました。それらの出会いは決して偶然ではなく、神の摂理と思わざるをえません。

そして、三浦ご夫妻と私との出会いも、まさに奇跡と言わざるをえません。

中学生のとき、綾子さんの著書に出会った私は、せっせとファンレターを送り続けました。そんな私にご夫妻は毎回丁寧なお返事をくださったのです。有名な作家であるという高慢さは微塵もなく、常に謙遜で誠実な文面に、お二人の信じる神様は本物だと確信しました。榎本先生も三浦ご夫妻のこのような人柄に惹きつけられたお一人だったのではないでしょうか。

本書の中で最も衝撃的だったのは榎本先生の壮絶な最期の場面です。肝硬変を患いながらも伝道の炎に燃えて、海外伝道に出かける途上で召されたのです。人々から慕われ、魂の救いのために五十二年の生涯を捧げた、心熱き牧師がいたことに感動を覚える一冊です。

田辺美佳子

右にでも左にでも、自分の思ったように
生きていけるのが大都会だと思った。
だがそれは広い迷路であった。
しかもそれは、迷路とさえ気づかせない
広い迷路であった。

『広き迷路』より

憧れの恋愛は、彼の描く嘘によって華やかな結婚生活へと妄想を掻き立てる。男が演じるエリート生活を疑いもしない。彼の望みは、出世と成功者にふさわしい生活だった。その望みを叶えるために、出世の邪魔になった彼女を消してくれるように殺し屋に依頼する。そんな情け容赦ない人物にもかかわらず、この男は常に穏やかで紳士的に表現されている。

欲望に猛進する人間の愚かさ。人の弱みにつけ込んで利用しようとする卑しさ等々。

その男と対照的に人望もあり模範的でもあるライバル的存在の男が登場する。まったく出世には関心のない振りを装いながら、男の殺人計画の罪を切り札にして、自らが社長の座を獲得する。罪を暴かれた哀れな男と、正義をかざして自分の欲望を叶えた男。

対照的な存在でありながら、この二人の結末には成功とは程遠い喪失感が残る。

人の原罪「欲」に翻弄され、「広き迷路」をさまよう人間として、果てしない空しさを書いている。

道に迷ったものの中に、勝者も敗者も見えてはこない。

迷路にさまよう人間を、まっすぐ導くことができるのは、迷路の上からすべてを見渡して導くことのできるお方、イエス・キリストお一人だと示しているようである。

吉原千晶

「ええ、うちにも同じ年ごろの子供がいるものですから、もしうちの子がこんなことをしたらと思うと、Aがかわいそうで、かわいそうで」
奥さんは当たり前のことのように、おっしゃった。

『ごめんなさいといえる』より

「もしこの子がうちの子だったら……」少年院帰りの泥棒少年を、哀れに思った一人のご婦人。かいがいしく食事を与え、服を与え、仕事を与え、寝る場所を与え、愛を与えた。するとかつてはひねくれていた彼は、その深い愛と憐れみ故に、素直で明るい少年へと変えられた。

かつて三浦綾子さんが出会った方の証しである。

この少年を更生させた愛のお手本が聖書にある。神の御子イエス・キリスト、このお方は私たちを愛するあまり、十字架でその命を捨ててくださった。私たちがその愛を信じる時、まことの神に背を向ける罪は赦されて「永遠の命」を受けるのである。

人間にとってこれ以上の幸いはあるまい。このご婦人と少年が、この神の愛を知るならば、どれほど喜びに満たされるだろうかと思った。

「衣食住」を遥かに超えた「朽ちない永遠の命」の授与である。

原田恵己

「お互いにこのくり返しのきかない一生を、自分の生命を燃やして生きて行こう。そしてイエス・キリストのみ言葉を掲げて、その光を反射する者となろう。安逸を貪るな。己れに勝て。必要とあらば、いつでも神のために死ねる人間であれ」

『塩狩峠』より

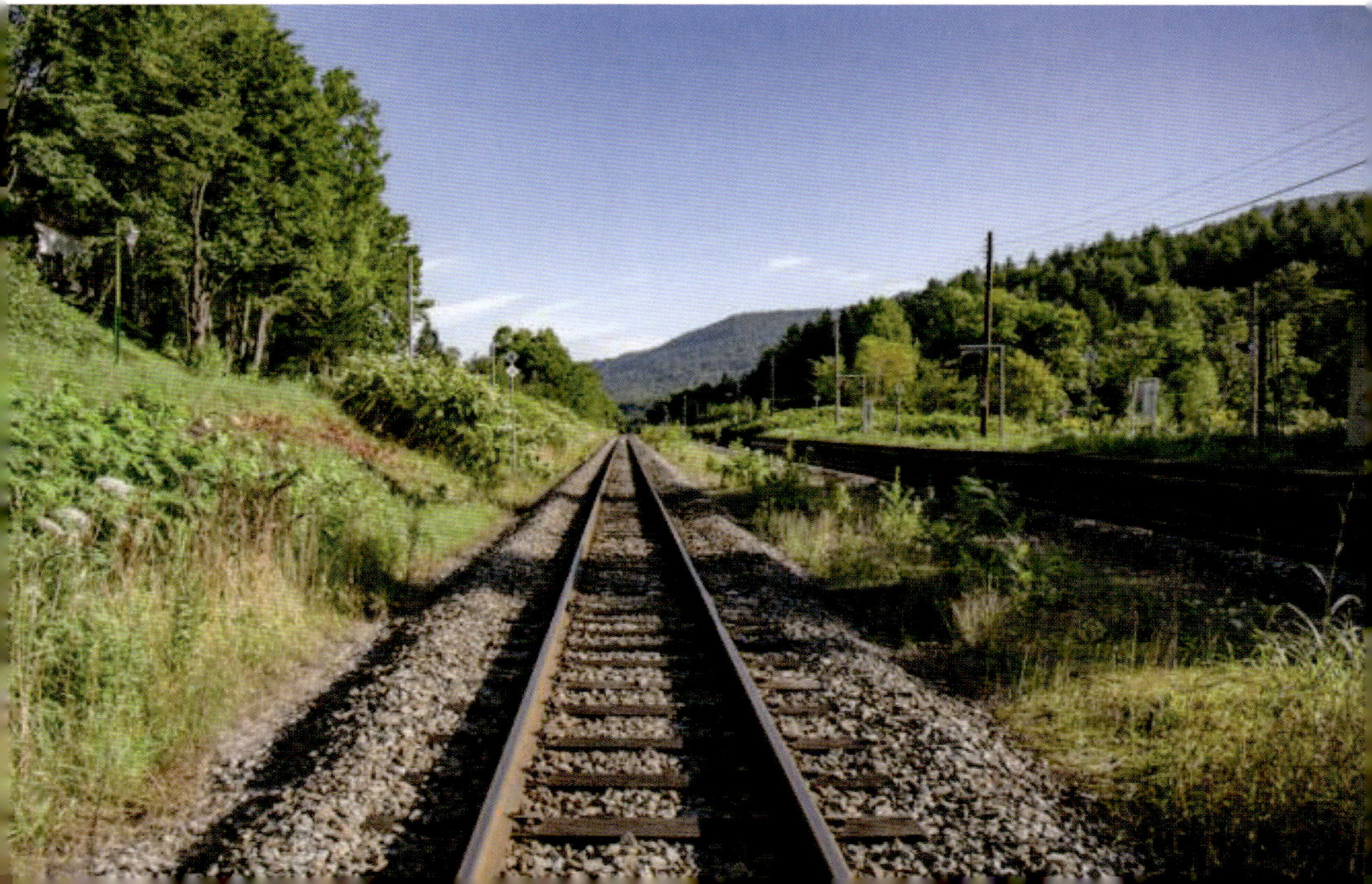

三浦綾子さんの『塩狩峠』を借りて読んだのは、私が高校生のときでした。最近教会の映画カフェで『塩狩峠』の映画を見て感動し、友達に話したところ『塩狩峠』の文庫本を送っていただきました。もう一度読み返してみて、改めて主人公の永野信夫さんの生き方に心打たれました。

乗客の命を救うためとはいえ、逆走する列車を止めるために身を投じた永野信夫さんの生き方は、このときばかりではなく、友達に誘われて遊郭の入口まで行ったときにも中へは入らず逃げ帰ったことや、職場においても部下を帰らせた後、ひとりで遅くまで働いていたことに現れています。彼の姿を見て、キリスト者としての生き方を教えられ、大切な指針を与えていただきました。

職業訓練生　小倉恵太

「人間というものは、常に自分が正しいのですね。自分の行為はいくらでも弁護出来るものなのですね。そして、他人のあやまちは、絶対といっていいほど、責め立てるものなのですね。」

『雪のアルバム』より

『雪のアルバム』は、二十三歳の浜野清美の信仰告白という形で描かれた小説である。清美は不義の子として生まれた。母親は体を売って暮らしていた。客が来ると清美は「お母さんがいいって言うまで外で遊んでいなさい」と言って、百円札（当時はお札）を握らされて家から追い出されていた。近所の人たちから好奇の目で見られ、寒い冬の日も真夏の日も家に入れてもらえず辛く悲しい幼少期を過ごし、小学校に入学したときには、母親の交際相手はひとりになり、清美は人々がひそひそと「お妾」という言葉を耳にすることになる。

そしてある日、清美は母の相手に犯された。

ストーリーテラーと言われた綾子さんの描く複雑な人生模様は、あまりにも痛ましく切ない。しかし、主人公が自己の内面を凝視する姿や、周囲の人々の息遣いまで感じさせられるような筆致で一気に読まされた。

「人間というものは、毎日試されて生きているようなものですね。……さまざまな問題にぶつかって、思いもかけない自分の姿を見なければばならないというのが、私にとっては人生のような気がします」。文中で清美はそう語っている。

「神から与えられる救いというものは、万人に与えられていると私は思う。立派な人間になってからでなければ救われないものならば、誰一人救われる者はいない。神の愛はもっと深く、もっと広いのである」と書いている。

三浦綾子 初代秘書 読書会講師
宮嶋裕子

綾子さんの本と私

私は桜美林大学在学中にニッポン放送と、現・テレビ東京主催のフォークコンテストに優勝したことがきっかけで、ＣＢＳソニーから『秋でもないのに』でデビューしました。そしてＮＨＫ朝の連続ドラマ『藍より青く』の主題歌『耳をすましてごらん』を歌い、芸能界での多忙な生活が始まりました。

コンサート続きの緊張した日々の中で、三浦綾子さんの本をいつも持ち歩いて読んでいました。

特に、先生の自伝と言われる三部作の『道ありき』『この土の器をも』『光あるうちに』は知人にお薦めしたり、贈物にも使わせていただいています。『氷点』や『積木の箱』など、小説も読みましたが、登場人物を通して人の心の奥に潜む罪のリアルな描写に怖れを感じながらも、多くの教訓を与えていただいたことを感謝しております。

先生の講演会でも何度か歌わせていただき言葉を交わす機会がありました。とても気さくな明るい先生でした。

これを機に親しみやすいエッセイ集を読み返してみたいと思っております。

歌手　本田路津子

綾子さんを収録して

　四月のある風の強い日だった。旭川のご自宅にかけた私の、出演依頼の電話に答えて、三浦綾子さんは、「このところちょっと咳が出るのです。ひょっとしたら肺に転移しているかもしれません。生放送でご迷惑をかけるといけませんので、録画にしていただけませんか……」「ええ……」と、私は声を詰まらせてしまった。

　直腸ガンを手術して五年、二年経って再発、綾子さんが信じるミルク療法で今日まで続き、またさらに次の場所に移ろうとするガン。それから二カ月あまり後、六月二十五日の午後、旭川市の三浦さんのお宅に、北海道テレビ（ＨＴＢ）の報道制作と技術人二十七名の協力を得て、『土曜の朝に　直腸ガンと共存する日々』を録画、七月十一日放送した。

　幸い肺への転移も見られず、『氷点』以来数々の労作をものにし、「週刊朝日」に連載された『ちいろば先生物語』も単行本になって

いた。

こうした精力的な著作活動の影には、夫である三浦光世さんとの心温まる夫婦愛が支えになっていることは、知る人ぞ知る逸話である。

作家にとって、最も神聖なる著作の場所、二階六畳の書斎にテレビカメラ二台を持ち込み、日々の生活、ご夫婦のなれそめなどを伺う。

若い頃からカリエスで寝たきり、病気と常に友達であった綾子さんは、恋人であった前川正氏にも先立たれ、傷心のままふせっていた。そこへ見舞いに訪れたのが三浦光世さんだった。

「年上の私をそれから五年も待ち続けてくれたのよ」と、綾子さんは頬を染めて明るくおっしゃる。二人が仲良くするだけでなく、二人で他の人のためになる結婚をしようと決意したのだと言う。ただ二人がクリスチャンであるということだけではとても理解できない「愛」の豊かさに感動の六十分であった。録画が終わって、スタッ

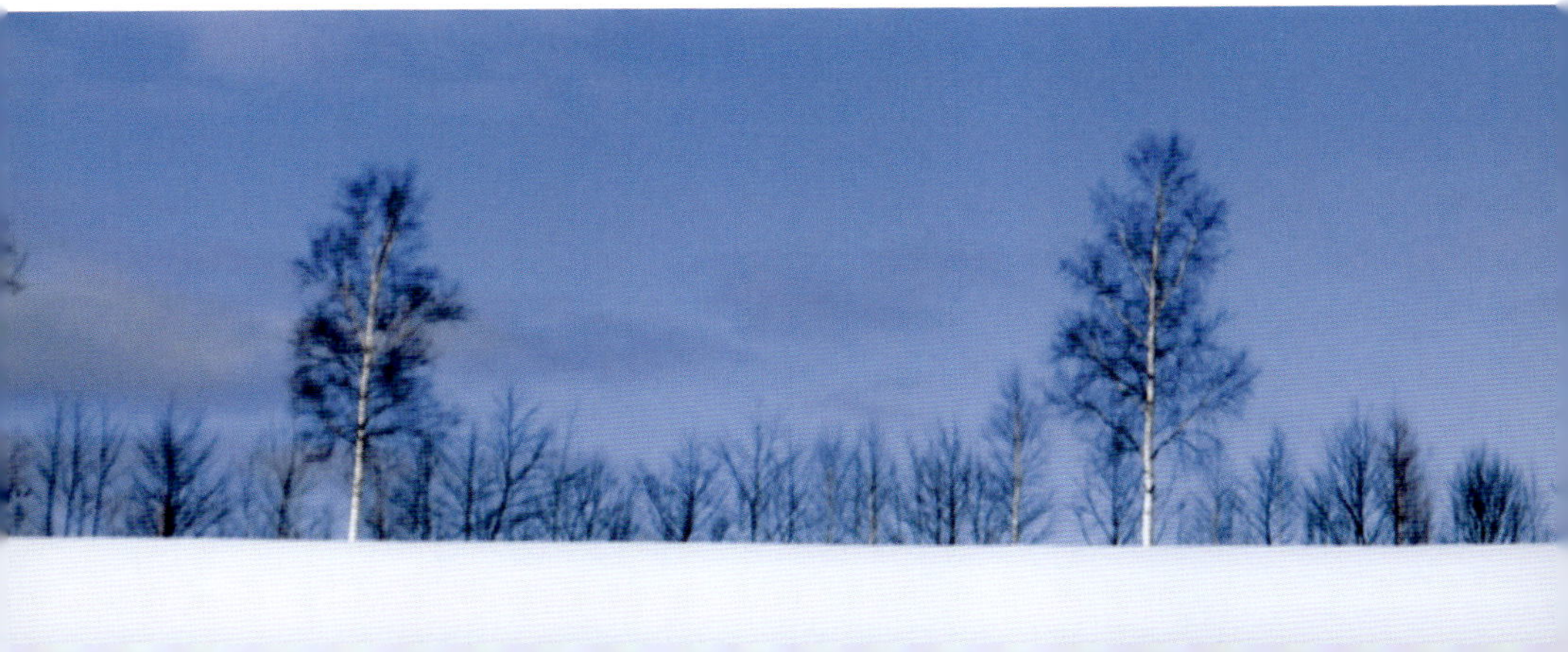

フ大勢で家中お騒がせしたお詫びを述べると、「何の何の、十二月のクリスマスには、この小さな家に百人近い子どもたちを招いて、私たち夫婦がサンタクロースになるのです。その時はこれ以上の騒がしさが一日中続くのです」。その日に、もう一度訪れてみたい気持ちに駆られている。

「私は一生懸命にそれぞれの職務を遂行している人たちの姿を眺めているのがとても好きなの……」と温かい声であった。雪の降る、マイナス何十度という旭川の街で、この家だけが子どもたちで溢れ、明るく輝いている。

司会の玉井さんも、ディレクターの石橋さんも、みんなが心優しくなった一日であった。

放送終了後、三浦さん宅へは感動の電話が殺到し、朝日放送へも、感激のあまり涙を禁じえなかったという人、綾子さんへ手紙を書きたいという人など、反響が絶えなかった。

旅行作家　藤本裕子

二階の書斎で口述筆記する綾子・光世夫妻

三浦夫妻の散歩を取材するHTBクルー

綾子さんとの思い出

三浦綾子さんご夫妻との出会いは、私が二十歳のころに青学講堂で開かれた「三浦綾子講演会」の講師接待役を務めたことでした。その後、ビデオ制作の仕事で旭川のご自宅へ何度かうかがいました。そのたびに綾子さんはお気に入りの美瑛の丘へ連れて行ってくださいました。そこは、見渡す限りさえぎるものがない景色で「敦ちゃん、ここは三百六十五度以上の景色なの」と言うので、「三百六十五度?」と聞き返す私に、「そう。三百六十度以上ということよ」と言われたのです。

体調の良いときに日課としていた近所の公園への散歩で、私と腕を組んで歩いていた際、よろめいた綾子さんの体があまりにも軽かったことに驚きました。

綾子さんは自らを病気のデパートと言い、「私は

特別に神さまに愛されているの。主は愛するものを訓練すると聖書にあるでしょう」と語っておられました。

綾子さんは色紙に「愛は忍ぶ」という聖書のことばをよく書かれます。

天の御国で再びお会いできる日を楽しみにしています。

「私たちの国籍は天にあります。」（ピリピ人への手紙三章二〇節）

会社役員　大久保敦子

初めて読んだ『塩狩峠』

初めて読んだ三浦綾子さんの作品は、中学生のころに読書感想文を書くための『塩狩峠』でした。そのときに父から実話だと聞き驚いたことを覚えています。その次に三浦綾子作品に触れたのは十五年以上も経った一九九九年十月、母が胃がんで入院したために介護休職をして病院に付き添っていたときのことでした。介護といっても病院で付き添っているだけで時間があり、廻ってきた移動図書の中に『氷点』を見つけました。三浦綾子さんが召されて間もない頃だったので、追悼読書をしようと手に取りました。それをきっかけに病院の行き帰りには必ず途中にある本屋に立ち寄り、今までに読んでいなかった彼女の本を買い求めました。二カ月の間に七十冊ほど読んだので、一日に一冊以上のペースで読んでいたことになります。

病室で死に近づいていく母を見ながら、私は初めて神さまのことや天国について真剣に考えるようになりました。

今でも一番好きな作品は、その頃読んだ『道ありき』と前川正さんとの書簡集『生命に刻まれし愛のかたみ』です。

二つの作品を読むと、ノンフィクションだけに手紙が交わされていた時のいきさつがよくわかり、より感動しました。

年が明けてすぐに母は召されましたが、私の読書は続きました。廃版になっている本をインターネットで探しながら、作者をここまで駆り立てる神さまの存在も気になり、その年の秋に友人に紹介してもらって初めて教会へ行きました。するとそこの教会員の方から講演会があることを教えていただき、聞きに行きました。もしこの講演会がなかったら、翌週から続けて礼拝に出席したかどうか分かりません。この偶然を備えてくださったこと、本を集中して読んだこと、どちらも私が神を信じるように神さまが導いてくださったと思います。

その後、旭川での「三浦綾子を辿る旅」に参加した時には旭川六条教会の礼拝に出席しました。廃版で読めなかった『太陽はいつも雲の上に』を教会の本棚に見つけ、貸していただきました。そこにある綾子さんの本はすべて寄贈されたもので、綾子さんと光世さんお二人のサイン入りだったことにも感激しました。

初めて教会に行ってから六年後に洗礼を受け、今に至っています。

綾子さんのおかげで神さまを信じることができ、人生が平安になり、本当に感謝しています。

飯田たかね

「三浦綾子読書会」を発足するまで

私は一九六七年岩手県の田舎に生まれ、豊かな自然と暖かな大家族の中で何不自由なく幸せな日々を過ごしました。

ところが、小学校に入学し、同級生からいじめを受けるようになり、その苦しみは中学生になっても続きました。

しかし、中学二年生のとき、いじめの事実に気づいてくれた担任教師の指導のおかげで、いじめっ子たちから解放されました。

そんな中で、私にとって重大な問題に気づきました。「これから自分はどうやって生きて行ったらいいのか?」ということでした。

それで、人生について教えてくれそうな本を読んだり、シンガーソングライターの歌を聞いたりしましたが、答えを得ることはできませんでした。

そんな中学三年生の秋、書店で一冊の本に目が留まったのです。

それが、三浦綾子さんの『塩狩峠』でした。この本を買い求めて、読み進めるうち、路傍でキリスト教の伝道師が語っている聖書のことばが心に強く響いてきました。

「父よ、彼らをお赦し下さい。彼らは何をしているのか自分でわから

ないのですから」

十字架の上でイエス・キリストが祈られた、この言葉を通して、このお方に自分の人生を捧げて生きる決意をしたのです。

その後、私は教会に通うようになり洗礼を受け、大学を卒業した後、神学校で学び牧師になりました。

故郷の岩手県盛岡市で牧師をした後、東京での開拓伝道を志していました。そのころ三浦綾子さんの本に魅せられた方々とのかかわりが与えられ、二〇〇一年七月に東京で「三浦綾子読書会」を発足させました。この読書会の働きを通して、クリスチャンになる方が次々と起こされ、東京開拓伝道を成し遂げました。

そして、二〇〇二年からは全国各地で講演を続け、二〇〇八年からは海外の日本人に対する働き、二〇一七年からは海外での外国人に対する働きに導かれていきました。

三浦綾子さんは私に信仰と奉仕の場を与えてくださいました。

「綾子さん、ほんとに、ほんとうに、ありがとう」

三浦綾子読書会顧問　長谷川与志充

矢内原・元大学長は「欠点のある人物を尊敬する」と言っていたそうな。人間というものは、使命感に燃える時、力を十分に注ぎだすゆえ、その欠点をもさらけ出すはずだという。長所も生かされる代わりに、短所ももろに出てしまうとか。それほどに全力的に生きていく時には、長所だけを見せる姿にはならないわけだ。

『言葉の花束――北国日記』より

無事であることが奇跡……謙遜と感謝

自分と同意見でない者を嫌うということは、つまりは自分が憲法なのだということだ。わたしたちは、人とつき合う時に、相手が皆各々憲法を持っていることを知らなければならない。そして自分もまた、自分の憲法を持って、人を評価したり、裁いたりしているという事実を、はっきりと知らなければならない。

要するに、わたしたち人間への評価とか好き嫌いとか、善し悪しとかは、実にでたらめ極まるもので、決して絶対的ではないということ、これを謙遜に認めなければならない。

『言葉の花束――孤独のとなり』より

三浦綾子さんの言葉にはドキッとさせられる。時に反発も。しかし、すぐにこのことは自分のことだと知らされる。しかも時が経つに従い、深さを伴い迫ってくる。

出版編集者　藤井　斉

『細川ガラシャ夫人』を英訳して

十数年前、私はクリスチャンの書いた本を英訳したいと思い、三浦綾子さんの本を何冊か読んだことがあったので彼女の本の中から選ぶことに決めました。

以前旭川に住んでいたことがあり三浦綾子さんご夫妻と親しかった岸本紘先生に、「三浦綾子さんのどの本がよいでしょうか」と相談しましたところ『細川ガラシャ夫人』を推薦してくださいました。

私はキリシタン時代の歴史に興味をもっていたので『細川ガラシャ夫人』を英訳することに決めました。

この本は三浦綾子さんにとって最初の歴史小説だったそうですが、その時代には旧暦を使い、年齢も数え年でしたので資料収集のときに、どんなに苦労されたか、三浦先生のご苦労がよく分りました。

英訳も大変でしたが、とても勉強になり、出版されたことも感謝でした。

翻訳業　津村スーザン

あとがき

予断を許さない状態の綾子さんを訪ねると、病室の扉には「面会謝絶」の張り紙があった。光世さんから「森重さん、綾子に会ってやってください」と言われて中に入ると、ベッドの両脇には二人の方が付き添っていて、綾子さんは目を閉じていた。私は綾子さんの耳元でそっと私の名前を言った。すると綾子さんはゆっくりと目を開け、「ありがとう」と言われ再び目を閉じました。それが綾子さんと交わした最後の言葉でした。

私の方こそ何度も何度も言いたい言葉でした。

読者の方々の思いを込めて「綾子さん、ありがとう」と、本書のタイトルにさせていただきました。私などより、もっともっと親しい方々が大勢おられます。これを機にそんな方々の声を聴く機会があれば幸いです。

本書が三浦文学に親しんでいただくうえでお役に立てれば、これほどうれしいことはありません。

感想文をお寄せくださった方々と写真家・三宅利一さんをご紹介いただいた関口ひろみさんに紙面をお借りしてお礼申し上げます。

二〇一九年　秋

森重ツル子

1963	1月	朝日新聞社が1千万円懸賞小説公募。応募。
	12月31日	小説『氷点』を完成させる。
1964	7月	『氷点』入選決まる。
	12月	朝日新聞朝刊に「氷点」連載開始。
1966	11月	『氷点』（朝日新聞社）が出版され、年末までに71万部を記録する。『氷点』ブームが広がる。作家的地位を確立。以後、創作、講演、取材旅行など旺盛な作家活動を展開。『塩狩峠』の連載中から口述筆記となる。
1981	4月	小説『海嶺』（朝日新覇社）刊行。初の戯曲『珍版・舌切り雀』を書き下ろす。
1982	5~6月	直腸がんの手術のため入院。
1992	1月	パーキンソン病と診断受ける。
	2月	NHKテレビ「光あるうちに～三浦綾子、その日々～」放映。
1994	3月	小説『銃口』（小学館）刊行。最後の長編小説となる。
1996	9月	小説『銃口』で第三芳察西鶴賞受賞。
	11月	北海道文化賞受賞。
1997	7月	第1回アジア・キリスト教文学賞受賞。
	8月	北海道開発功労賞受賞。
1998	6月	三浦綾子記念文学館開館。
1999	7月	発熱のため入院。
	10月12日	多臓器不全のため召天。

三浦綾子　略歴

1922年	4月25日	北海道旭川市に誕生。
1929	4月	旭川市立大成尋常高等小学校入学。
1935	4月	旭川市立高等女学校へ推薦入学。
	6月	妹・陽子死亡。（6歳。『氷点』のヒロインにその名が付けられる）
1939	3月	女学校卒業。
	4月	空知郡歌志内神威尋常小学校に代用教員として7年間赴任。
1941	12月	太平洋戦争開戦。
		神威尋常高等小学校文殊分教場へ転任。
		旭川市立啓明国民学校へ転任。
1945	8月	日本、無条件降伏。
1946	3月	啓明小学校を退職。
	6月	肺結核発病。13年に及ぶ闘病生活が始まる。
1948	12月	結核で休学中の北大生、前川正と再会。
1952	5月	脊椎カリエスと診断される。
	7月	病床で札幌北一条教会の小野村林蔵牧師より受洗。
1954	5月	前川正召天。
1955	6月	三浦光世初めて綾子を訪ねる。
1956		病状回復に向かう。
1959	5月24日	三浦光世と結婚。
1961	8月	自宅を新築。雑貨店・三浦商店を開業。
1962		『主婦の友』新年号に公募入選作『太陽は再び没せず』が掲載される。

『新約聖書入門心の糧を求める人へ』……光文社
『自我の構図』……講談社
『銃口上・下』……小学館
『聖書に見る人間の罪暗黒に光を求めて』……光文社
『千利休とその妻たち上・下』……新潮社
『それでも明日は来る』……新潮社
『太陽はいつも雲の上に』（共著）……講談社
『小さな一歩から』……講談社
『小さな郵便車』……角川書店
『ちいろば先生物語上・下』……集英社
『積木の箱』……新潮社
『天の梯子』……集英社
『天北原野上・下』……新潮社
『泥流地帯』……新潮社
『続・泥流地帯』……新潮社
『毒麦の季』……光文社
『ナナカマドの街から』……角川書店
『母』……角川書店
『光あるうちに道ありき第三部信仰入門編』……新潮社
『ひつじが丘』……講談社
『氷点上・下』……角川書店
『続・氷点上・下』……角川書店
『広き迷路』……新潮社
『細川ガラシャ夫人』……新潮社
『水なき雲』……中央公論社
『道ありき』……新潮社
『病めるときも』……角川書店
『夕あり朝あり』……新潮社
『雪のアルバム』……小学館
『夢幾夜』……角川書店
『わが青春に出会った本』……新潮社
『私の赤い手帖から忘れえぬ言葉』……小学館
『われ弱ければ矢嶋楫子伝』……小学館

（五十音順）

三浦綾子　図書目録

『藍色の便箋』……小学館
『愛すること信ずること夫婦の幸福のために』……講談社
『愛に遠くあれど夫と妻の対話』（共著）……講談社
『愛の鬼才西村久蔵の歩んだ道』……新潮社
『青い棘』……講談社
『あさっての風あなたと共に考える人生論』……角川書店
『明日のあなたへ　愛することは許すこと』……集英社
『新しき鍵私の幸福論』……光文社
『あなたへの囁き愛の名言集』……角川書店
『あのポプラの上が空』……講談社
『嵐吹く時も』……主婦の友社
『イエス・キリストの生涯』……講談社
『生かされてある日々』……新潮社
『生きること思うことわたしの信仰雑話』……主婦の友社
『石ころのうた』……角川書店
『石の森』……集英社
『生命に刻まれし愛のかたみ』（共著）……新潮社
『岩に立つある棟梁の半生』……講談社
『海嶺上・中・下』……角川書店
『帰りこぬ風』……主婦の友社
『風はいずこより』……集英社
『北国日記』……集英社
『旧約聖書入門光と愛を求めて』……光文社
『草のうた』……角川書店
『心のある家』……講談社
『孤独のとなり』……角川書店
『この土の器をも一道ありき第二部結婚編』……新潮社
『裁きの家』……集英社
『残像愛なくばすべてはむなしきものを』……集英社
『塩狩峠』……新潮社
『死の彼方までも』……講談社
『白き冬日短歌に寄せて』……講談社

三浦綾子読書会

代表　森下辰衛

三浦綾子読書会は、綾子さんの心を引き継ぎながら、三浦綾子作品を中心にして開かれる学びと交わりの会です。テーマの作品について語り合う読書会（談話会）、講師による講演会、「塩狩峠」等の映画会など、さまざまな形をとりながら、三浦綾子さんの作品を共に読み、綾子さんの言葉と物語を通して、語り合い、学び合う豊かな楽しい会です。どうぞ自由にご参加ください。

全国の読書会開催地

2001年7月に東京でスタート。その後全国に広がると共に、朗読の会、文学散歩ツアー、聖書の学び会、演劇、短歌の学び会やさまざまな特別集会など、多様な活動に取り組み、2018年現在では国内外約160か所で行われています。

三浦綾子読書会会報

三浦綾子読書会では、年に6回会報を発行しています。主に読書会会員への配布用ですが、一般の方にも販売しています。
（1部200円）※在庫限り
63号から会報の題字を三浦光世氏に揮毫していただきました。

（連絡先・問合先）
〒070-8004
旭川市神楽4条1丁目3-9-102
森下辰衛方
電話 0166-62-3754
shiokaripass@gmail.com
http://miura-ayako.com

MIURA AYAKO LITERATURE MUSEUM

三浦綾子記念文学館

公益財団法人 三浦綾子記念文化財団

MIURA AYAKO LITERATURE MUSEUM

1998年6月13日、全国の三浦綾子ファンの募金によって建てられた、市民による「民営」の文学館です。
三浦綾子の文学をたたえ、ひろく国内外に知らせることを願い、多くの人々の心と力を合わせてつくられました。
それはまた、三浦文学を心の豊かな糧（かて）としてのちの世に伝えていくことを目的にしています。

※イベントスケジュールおよび開館日はホームページ参照。

《賛助会員》

三浦綾子記念文学館は、公益財団法人三浦綾子記念文化財団が設立し運営している民営の文学館であり、三浦綾子を敬愛し、その文学世界に親しむ多くの人々のご支援によって維持されています。

【所在地】

〒170-8007北海道旭川市神楽7条8丁目2-15
電話 0166-69-2626　FAX 0166-69-2611
http://www.hyouten.com/

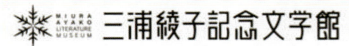

【編 者】森重ツル子（もりしげ・つるこ）
1937年生まれ。作詞・シナリオ・短編小説などの著作活動の他、CDプロデュースなど多岐にわたる活動を展開中。著書に『哀愁のプリマドンナ―ジェニー・リンド物語』（教文館）、編著に『わがよろこびの頌歌』（キリスト新聞社）がある。

【写真家】三宅利一（みやけ・としかず）

1956年。北海道札幌市生まれ。

独学で写真を学び、撮影のために 美瑛町に通い続ける。

美瑛町と富良野を中心に光を強く意識した風景写真をテーマに撮影している。作品はFacebook、Instagramなどを通じて発表し、販売もしている。

北海道岩見沢市在住。日本イエス・キリスト教団 幌向子羊教会会員。

企画・編集 ： 森重ツル子
カバーデザイン ： JESUS COMMUNICATIONS GRAPHICS

綾子さんありがとう

2019年11月22日 第1版第1印発行

編 者 森重 ツル子
写 真 三宅 利一
発行所 キリスト新聞社
〒162-0814 東京都新宿区新小川町9-1
電話03（5579）2432
URL. http://www.kirishin.com
E-Mail. support@kirishin.com
印刷所 モリモト印刷

ISBN978-4-87395-770-8 C0016（日キ販）